서정의 취사

한 국 대 표
명 시 선
1 0 0

한 분 순

서정의 취사

시인생각

■ 시인의 말

살며시 책갈피에 넣어 둔 연정戀情, 그런 속내가 문학에게 품고 있는 나의 마음이다. 여리고 수줍은 잎이 오랜 나날을 버티며 오도카니 책갈피를 지키는 것처럼, 문학을 마주하는 나의 마음도 비록 작을는지 몰라도 언제나 흔들림이 없었다. 마치, 이루어진 첫사랑처럼 무구無垢한 순정을 닮았다고 할까.

신문사를 퇴직하고 나서 직함을 묻는 사람에게 나는 '문인' 또는 '시인'이라 말한다. '전前 신문사 국장'이라고 지난 이력을 밝힐 수도 있지만, '전前'은 어디까지나 과거형 수식어가 아닌가. 내게는 문단을 활기차게 거닐며 현재진행형의 시인으로 살고 있다는 것이 더욱 설레고 자랑스러운 일이다.

그 사이 문학은 생각 깊은 연인처럼, 상냥한 친구처럼 늘 나의 곁을 지켰다. 1970년 '서울신문' 신춘문예로 등단을 했으니, 문인으로 살아온 것이 올해로 43년째이다. 나른한 하루를 다잡고, 서글픈 하루는 다독이며 묵묵히 동행을 해주었던 문학. 인간이 자연을 떠나서는 존재하지 못하듯, 나는 이제 문학이라는 세계를 벗어나서는 정착할 곳이 없는 것이다. 내가 등단한 1970년대만 해도, 직업란에 '문인'이라고 적으면 사람들이 고개를 갸웃하고는 했다. 관공서나

서류 전형에서 문인도 전문 직업인이냐는 의구심을 보여 씁쓸했다는 문우들의 이야기도 들었다. 요즘도 마찬가지일지 모른다. 그렇다고 해도 나는 직업란에 머뭇거림 없이 또박또박 '시인'이라고 적어 넣는다. 그것이 내 평생의 본업이기 때문이다.

내가 쓰는 글이 지친 마음을 즐거운 가락으로 풀어 주는 탬버린같이, 하루를 일깨우는 밀크커피처럼, 읽는 사람들을 살갑게 감싸 줄 수 있다면, 문학이 나에게 주었던 크나큰 기쁨을 조금이나마 갚는 길일 것이다. 그리고 앞으로도 문학은 내내 품에서 놓지 않을 나의 현재진행형 연정戀情이다.

2013년 3월 6일
한 분 순

1

안부 한 잎

누가 심은
고백일까
가지에 열린 엽서

찾는 이
하도 없어
제풀에 시든다

바람의
농弄에도 웃지 못해
종일 흔드는 애태움.

소녀

1

햇살에
그을리는 건
꼭
살빛만은 아니다

바람에
눈을 다치는 건
입맞춤만이 아니다

꽃 비늘
다투어 흐르는
뜰에
마악
꿈길 트인다.

2

곧 봄이 지겠지
하 많은
눈물을 접어

희고 말간
속살에
한 점
혈흔을 뿌리노니

아씨야
참 예쁜 아씨야
훠이 훠이
날개를
달자.

갈색의 파문

커피를 마시다가
손안에 잡힌
슬픔을 본다

잔 가득
일렁이는
그리움의 파편들

목 타는
시간을 기려
마감하는 혼잣말.

찻집의
다정한 공기
지친 숨결 잠재운다

흐르는
노래에 맞춰
피로를 꿰다 보면

갈색의
파문 안으로
하늘 담겨 찰랑댄다.

노을이 그녀를 좋아해서

하루쯤은 사랑에 놀아나도 괜찮다
금홍빛 실타래를 거두어 새 옷 짓고
저 아래 내려다보며
감싸 쥐는 붉은 곤지.

꽃불에 얹어 건넨 정중한 수작의 자락
타오름 억누르고 다가서자 고개 드는
나긋한 그 이마 위로
밤을 덮는 저녁놀.

저물 듯 오시는 이

저물 듯 오시는 이
늘
섧은
눈빛이네.

엉겅퀴 풀어놓고
시름으로
지새는
밤은

봄벼랑
무너지는 소리
가슴 하나 깔리네.

고뇌의 만취

꽃망울 속이었나
땅 지고 누운
풀잎

삶이 돋아나는 한 뼘에
스며드는 빗줄기

야윈 듯 섧은 몸 타고
흙을 만나
검은 술 된다.

숨 차는 하루 들이켜
숨 쉬는
굳은 걸음

휘파람 잡으려
바람 앞 달리는데

죽도록 살겠다는
주사,
만끽하는 이 고뇌.

별리

모두가 떠난 자리,
이 구석진
표적 위에

그대는 외롭지 않은
한 그루
나무로 서고

창가에 얼룩지는 얼굴
내 가슴을
적시네.

목숨

햇빛
언저리에 달려
장다리는 춥네

눈먼 바람 넘나들면
꽃대는
서로 부딪치네

진종일
살을 비꼬아
푸른 멍이 들겠네.

만남을 둘러싼 추상화

긴
해후도 있나, 포옹은 사뭇 허전하다
여럿이 뒤엉겨 짓는
인연보다
질긴 것,
물이 밴 산의 한 자락에
혈액으로
꽂히는
— 깃

목숨이래야 둘둘 말면 그뿐인데
또 아득바득
하늘을 후벼댄다
기공이
일제히 열린다
내리꽂히는
해의 창.

언젠가의 연애편지

다정한 고백 속의
옛 짝사랑은
바스락
꽃무늬

날 것의 마음을
글에
굴려
넘치는
치장

여태껏 들키지 않은 속내
모레쯤엔 부쳐야지.

2

너는 꽃답지 않으나

1

그늘로 뒤덮인 벽
도사려 둥지 튼 나
불씨들 눈 맞추며
포옹하는 방안이다
그것은 사랑의 시초
화석의 굳은 의지.

2

물집 밴 여정 따라
새들 날개 펼치듯
빈터에서, 잔디에서
승차를 기다리는 발
피로를 잊은 길 위로
큰 숲이 열린다.

3

시간을 깨우치는
종소리 들려오면

행복을 살 수 있을까
암표 들고 배회하지만
가슴에 담기는 빛은
노을 깊이 잠긴 노래.

4

노래는 빈터 건너와
어깨 위 머물다가
머리칼 빗질하며
서서히 내려온다
무성한 숲의 환희를
이어주기 위하여.

5

첫새벽 창문 열고
안개 맞아들인다
바람의 손길은
살갗에 와 닿는데
그것이 머물 자리는

내 가난한 벽뿐일까.

6

얼룩진 그늘 속에서
노닐다 또 춤추다
냉기 찬 테두리마다
거닐며 참언하는 것
불빛의 처음은 몰라도
목숨은, 살 거다.

분꽃송

환히 웃었지만
곁에 설
머슴애
있니?

사위듯 피는 꼴이
제참에도
사뭇 수줍어

마당을 한 바퀴 돌다가
먹빛
티로
남는다.

긴 비[雨]에 지치면
말인들 뛸까만,

여름이 지루해서
산도
제자리 채

녹네

슬며시 감기는 빛살
문득
신선한
이마여.

그러나, 그래도

꽃시름
흐드러진
서울, 은유의 영지

매캐한
추파로
피멍든 태양 아래

야들한 봄바람에도
풀잎은 빛을 잃는다.

서울, 한밤
점멸하는 무지개
빌딩에 매달린
얼굴과 마주한다

그래도 살아지는가?
시간을 유배시킨
반칙의 그대.

하루 내
신 없는
만찬의 검은 휘장

카페인 마시는 동안
연소되는 목숨 한 모금

가슴을 덮는 그늘에
시드는 나를
빈다, 재생.

망각의 포옹

넘보던
햇빛 아래
꽃답던 젊은 흔적

조화弔花인 듯
조화造花인 듯
파르르 멀어진다

감기어
품에 안기는 것
얼룩진 기별 한 조각.

돌아든
연유들은
폭발할 듯 빛나는데

눈 뜨면
빈손일 뿐
머문 꽃 하나 없다

망각의
차양을 들어
다시 품는 이 거리.

산행 · 20

올라가 굽어보면 내린 들 다시 꿈꾸리. 한눈에 잡히는 세
월, 바람 손 시린데, 해맑은 내력을 몰라 꼭지에만 머문다.

풍뎅이 훌쩍 떠난 싹 바랜 묘석 앞을 멀미난 색시처럼 우
물우물 입술만 깨문다. 영겁이 바로 발끝인 걸 꽃도 설고 구
름도 설고……

천천히
반추反芻가 긴 샛길을
산 그림자
길고 넓다.

살찐 우울

켜켜이 살찐 우울
늘어지게 불어나

멋대로 뒤뚱대다
지쳐서 돌아온 길

마주친 뚱뚱한 몸매
언제부터 나였나.

갈수록 손에 잡히는
눌러앉은 살의 무게

뱉지 못한 말들 위에
기름 낀 노여움이

얼마나 더 보태려나
들러붙는 이 수다.

이런 스마트폰

off
고독은 포르노 같다,
모두가 말려드니.

슬쩍 감추고 뭉기적
사람들 속으로 끼어든다

나와의
독대를 내려놓고
타인과 섞이는 가식적 유흥.

on
거나한 무리에서 벗어나
마주하는 손안의 소통

하루 치 육중한 외로움이
총천연색 주파수를 노닌다

혼자서 누리는
말쑥한 사치
현대에 최적화된 고독.

실내악을 위한 주제

1

겹겹이 빛을 벗기며
영롱한 집을 짓는
성낸 바다를 끌어오던
기나긴 여름만 살게 하던
밀감 내 그윽이 스미듯
살찜마다 스미는

2

쏟아지며 넘치지 않는 맑은 찬미,
흐르면서 고이지 않는 이 기쁨이여
그대의 눈빛을 데불고
뜬눈으로 밝히는
밤은……

3

내쳐 갈앉는 숨결이어라, 그대 앞에서
벌레였고 나무였고 노을빛 과일 그대로
겨울의 긴 환상에 빠져

잠든 바다였어라. 그대 앞에서

4

젊은 생각들이
별처럼 돋는 뜰에
잔디 깔리듯
사랑을 펴는 이 있어
투명한
지느러미를 날리고
바람, 바람 앞을
달린다.

5

입술을 오므릴 뿐,
입초리를 쫑그릴 뿐,
휘익 획 바람개비 소리
꿈을 굴린다
수심을 가르고 솟구치는
저 남루한 비상이여.

6

한때는 설원을 불사르던
한 마리 불사의 새
빙점끼리 맞부딪치며
불꽃 튀어 올리는가
철마다 새벽으로 태어나
해 마중을 나선다.

7

그냥 이름이었다
매화라던가? 튤립, 백합, 아니면 찔레꽃……
온통 질식을 씻는
질펀한 꽃향의 무게
아픔도 이내 사루며
갈채하는 저 손짓.

8

한여름 길바닥으로 갈라진 갈증 위에
작디작은,

소중해서 더욱 귀한 한 그루 하얀 꽃나무
착하게,
전부를 연소로 피어날
겨울 꽃이여,
음악이여.

고독을 위한 착상

고독의 가교, 나를 안아 나를 만난다
목걸이 늘어뜨린 목인형 곁에 있어

가끔씩
웃음 익히며
이 아침을 맞는데

나의 시선 주운 목인형 속눈썹 아래
흩어진 줄에 엉켜 떨고 선 몸짓의 섬광

그것을
빛 고운 놀이로 삼아
즐거워하는 나.

눈길 마주칠 때면 어깨 흔들며 웃어
질펀히 물기 젖은 동공이 되다가

끝내는
맞부딪치며
날 선 흐름이 된다.

너는 멀리 날고픈 혼돈의 중개인
별들의 협연 닮아 산책자의 동행이기도

그것은
길손 앞질러 내닫는
나의 솟구친 설렘이다.

기꺼이 받아내려 흔들어대는 손짓
빛나는 편린들이 내게 흐르고 있어

하루 치
익살 배우는
생활의 반증.

서울 한낮

종탑 꼭대기에 머무는
저 실눈 같은 것

한참을
노래로 겉돌다
문득 숲이 된다

이 하루
피로를 꿰어
강나루에 흘리고.

3

산풀 서정

산풀,
몇 잎을 따온 아이
속눈썹이
썩 길었다.

풍지風紙 새로
조금 든 바람
아이한테
산山 내가 난다

그 아이
곧 산이 되었고
나는 산을 보고 산다.

상사초

불이 난다, 저기 저곳
몰래 지른
사랑일까

여밀수록 번지는
봄바람
흔들리는 빛

숨결 밴
땅, 잃어버릴라
서둘러 돌아가자.

흥을 걸친 악사들
상사초 입에 물고

슬픔에 피멍든
노을 내린
빌딩 아래로

질펀한
혈흔 없어도
축배 드는 긴 행렬.

어둔 골목,
열린 문으로
가화 흩뿌려져

바람에
적신 손끝
가로등 흔든다

이마에
밤이 머물면
비로소 사는 매무새.

풀벌레의 잠행

풀벌레
스산한 화음
회색빛 탑을 쌓고

무게를
머리에 인 채
느릿느릿 떠나간다

뒷모습
흔드는 마음
콘크리트 틈을 타고.

가마득
수직 선 위
꽃들의
남은 잔상

조신히 모여들어
갈색으로 물들이는

떠나는
마른 가을 속
목청 돋워 길게 적신다.

옥적玉笛

1

가슴을 적시고 드는
그윽한 흔들림 있어

손 짚어 더듬어 가면
한가득 고이는 가람

소롯이 시름도 잊고
옛길 속을 거닌다.

청노루 꿈을 깁는
흰 새벽도 지나고

꽃배암 나들이 납시는
봄뜰을 밟고 간다

맺힌 한恨 깊은 사연도
아침 속에 풀린다.

2

동구 밖 아씨한테
비슷히 세속世俗을 묻다

구름과 바람과 산과
물을 마시며
흐르는 입김

핏줄로 얽혀온 즈믄해
어디쯤에 쉬일까

애닯듯 스러질 듯
여태도 감기고 든다

소리 따라 저물고 새는
흰 이마, 초롬한 생각

사철을 기다림에 살며
달빛 아래 웃는 꽃.

3
길에서
바다에서
싸리꽃 깔린 산비알에서

치솟는 굴뚝의 무게,
그 끈끈한 산실 속에서

뜨거운
참으로 뜨거운
금을 캐는 내 소리

환멸을 알다가도
버티듯 유유하게

병상을 느껴 섧다가도
문득 깨닫는 황홀

억겁을 다스려 숨 쉴
너와 나의
숲이여.

서성이다 꽃물 들다

너와 나
서성이던 자리
속삭였던 메타포

그 밀어 껴안은 놀빛
내 앞에 여전한데

두고 간
꽃물 든 말들
별이 되어 떠 있다.

밤을 타
종종걸음
숨 가삐 달려온 너

꿈인 듯
숨결인 듯
입김이 따뜻했다

어쩐지
수줍던 그 밤
어둠마저 고왔다.

목련곡

구름이
흰 시름을
하늘에 풀어 씻고

담 아래
다소곳 앉아
꽃소식 접는다

피는 듯
사위는 자태
소복처럼 서러워.

낙화

바람
하늬로 불어
점점이 묻어오는 것

온통
하늘을 가리고
마을을 다 덮는다

그 언제
뿌려둔 아픔을
다시 밟고 가는가.

은행나무 아래서

금빛을 쏟아내며
낱낱이 흩어지는 상처

바람을 견디던 자리
손풍금 소리,
고여 넘친다

유리알 부서지는 속
환히 트이는
그날의
숲.

꽃피던 한때를 더듬는다
눈이 마주치는
멀리 아픔도 잠그고

한 잎씩 묻어나
눈에 밟히는,
긴 오수午睡

속눈썹 짙은 친구여
예서 우린 노래나 하자.

점묘點描

그날,
어깨를 건드리는
꽃의 빌음

빛 되어 갈라지든……
환희 불티로 내든……

몰라라 뜨락을
서성이다
날았으면 싶어라.

꽃을 꺾지 마세요

퇴폐가 상냥하다
꽃잎의
환한 품새

낭자한 은유들을
밀치는
고운 날것

현학을
방긋 놀리는
그 교태의 직설법.

나목

여름내
꽃에 머물며
그리움 감싸던 너

미련,
다 떨쳐내고
맨발로 버텨 서서

앙상한
손가락 끝에
추억 하나
새긴다.

4

바람

한
－올
손에 쥐고
가만히 들여다본다

풀 내,
꽃 내가 섞여
머리가 말갛다

그 속에
숨을 포개면
큰
문이
열린다.

새싹에 관한 관찰

달려온 봄바람 앞
멀미하는 무늬 있어

술렁이며 깨어나
잠 터는 풀잎들

날리는 새날의 내음
달뜬 마음 여울진다.

새싹들 내다보는 속내
이슬 물고 솟아올라

잔가지 물오르면
반기는 새들의 수다

풀빛을 머금은 웃음
익살부려 간지럽다.

호수

네 안에
고인
목숨
하늘같이
이쁘다

사슴,
발 씻고
간 뒤
잠자리
맴돌다 존다

여름날
물빛을 시새며
오래
꿈을 낚는다.

파도는 무엇을 기다리는가

흔들려
흔들려서
푸른 멍이 든 살갗

모래알 가만 헤아려
생채기 꿰맨다

뭍 향한
목쉰 그리움
까맣게 탄 속살들.

바닷길
넘나들며
상념 한 마당 키워

잇달아 목청 돋우며
고달픔 헹구는데

나른히
걸쳐 앉은 목선
쌓인 꿈 실어 보낼까.

청靑

여름은
내 곁에
아직 무성茂盛히 있네

깊숙한 골짜기에서
한잠 자고
이내를 건너

더러는
빠뜨리고 더러는
또 손에도 들었네.

가을

새벽을 깔고
지나가는
긴
은총의
숲이여

가지에 설레는 말씀
물빛은
더욱 깊고

세상을
한눈에 담아도
아프지는 않겠네.

가을 공원에서

가슴엔 늘
잎이 쌓이네
그리움이 쌓이네

촘촘히
띠 두르고
손에 잡히는 기억

하루내
서성거리며
저무는 사랑을 보네.

그렇듯 그윽했어라
문틈을 새날던 바람

한낱 설화로 머문
저 풀끝의
이슬이여

감기는
차가움을 털며
마지막 불티를 보네.

가을 햇살

느긋이 살 오른 해가
가을하늘에 기대어

여름내 노닐던 푸름
슬몃슬몃 밀어낸다

넉살이
사뭇 평퍼짐한
잘도 익어 푸근한.

눈

어디로부터 오는 꽃내음인가
가멸히 서리는
새벽의 향기는……

깊은 난간을 돌아
넘쳐오는
저 회억의 꽃보라

문틈을 넘나드는 소리는
먼 설원을 데불고 오네.

눈 오는 날

저무는 날
저무는 날같이
밀려오는 그리움

젖빛으로 물든
꽃 앞에서
자기瓷器처럼 희게 웃으면
아, 송이송이 내리는
은혜의 강

노래여
강이 되는 노래여
가슴엔 이토록
물이 오른다.

5

서울 한밤

꽃물 같은
네온 사이로

빙글 도는
눈빛 하나

노래에
하루를 얹어

휘청대며 풋잠 온다

오늘의 설움, 꾸벅이다
놓쳐버린
가락들.

서투른 길눈

잘못 든
버릇인데
향내 속살에 묻어

눈빛
앳되던 날도
깨꽃 피나게 폈다

소음이 침강하는 빈터,
누굴 만나기로 했던가?

푸른 은둔

한가득
햇빛 머금은 나무
여름 매달고

더위 잊으려는
발길들
서울 한낮 비운다

빈집엔
매미 울음만
짐푸는 푸른 은둔.

걷다, 적요까지

숲이 쓱 걸터앉은
긴 벤치 끝자락에
검게 탄 개미 한 마리
손 부비며 서성인다
조는 듯 앉아 있는 이
손등에나 오를까.

큰비 휩쓸고 간
회오리친 잔가지
고개 숙인 잎, 잎마다
시름 조각
무게가 실려
웅크린 가냘픈 어깨
적요 한 줌 매달고 있다.

커피에 관한 서사

은닉된
몇 모금은
퍽 더운 갈색 체온

사람들
낯설던 날
헤매던 시린 손길

감칠맛
간드러지는
자판기 속 즉흥 목숨.

잃은 그림 찾기

어둠에 파열되는
차가운 허무들이

벽 타고
오르내리며
몸 안을 스치면

조각난
삶의 그림들
꿰맞추며 웃는다.

때로는 그늘진 몸
저 별에 말려도 보고

밤새워
크는 허무에
내 자리 내어주며

펼쳐둔
마음의 화폭
주섬주섬 말아 쥔다.

그대 눈빛은

그대 눈빛은
밤을 깁는 돗바늘

그 아픔에 눈을 뜨면
인연의 실 끝이 여기 닿는가

끝없는
마음의 누비질
열 손톱에 피가 맺힌다.

고향에 내려간 낮잠

생각을 누비고 기워
닳은 속내 해진 가슴

야무지게 꿰매어서
탁탁 털어 내다 넌다

그리운 곳 기웃대며
펄럭이는 마음 자락.

풀밭에 드러누워
뒹굴뒹굴 해바라기

슬그머니 치근대는 볕
간지러워 웃음 머금고

눈 뜨면 다시금 서울
낮잠 끝에 달아난 빨래.

달빛 진 자리

달빛이 베갯잇에
하얗게 풀 먹인다

깃 세운
내 머리맡이
단잠을 더듬대고

동틀 녘
달빛 남긴 눈웃음,
샛별 하나 떠있다.

감이 놓인 정물화

반듯이
가르마 타고
누가 날 찾으려나

뺨에 바른
노을빛 연지
물드는 그리움

어느새
발갛게 익은,
열어 보이는 수줍음.

손톱에 달이 뜬다

그믐달,
선지피 닿은
서늘한 입술 있어

짓이긴
핏물 머금고
첫사랑 기다린다

불그레 두근거리는
손톱 위의
봉숭아물.

서정의 취사
— 쌀을 씻다가

   담아 보았더니 손에 가득 찼다. 무던한 물인데도 살갑게 달라붙는다. 손금을 드나들면서 숨결은 늘 고르다.

   햇빛을 이고 서서
   눈매가 문득 말갛다

   이끼가 필 적에는
   흐르던 땀도
   머뭇해

   봉긋이 부푸는 서정
   쌀이 익고 봄을 달인다.

1943년 충북 음성 출생. 금왕읍에서 쌍봉초등학교 졸업.

1959년 제1회 이승만 대통령 탄신기념 전국 초·중·고교
생을 대상으로 한 백일장에서 보성여자중학교 3학
년 재학 중, 중등부 대통령상 수상.

1963년 서울 보성여자고등학교 졸업.

1966년 중앙대 서라벌예술대학 문예창작학과 졸업.
국민신문(재건국민운동중앙회 발행) 기자(~1975년
12월 31일).

1970년 서울신문 신춘문예 「옥적玉笛」 당선으로 문단 데뷔.

1976년 월간 문예지 ≪한국문학≫ 취재부장(~1984년).

1979년 첫 시집 『실내악을 위한 주제』(한국문학사) 출간

1980년 한국문인협회·국제펜한국본부·한국시인협회·한
국여성문학인회·한국시조시인협회 이사. 한국시
조시인협회 수석 부회장(~2004년).

1984년 월간 문예지 ≪소설문학≫ 편집부장, 여원사 발행
여성 월간지 ≪뷰티라이프≫ 편집주간 겸 출판국
주간(~1989년).

1985년 제3회 한국시조문학상 수상(한국시조시인협회 제정).

1986년 제1수필집 『한 줄기 사랑으로 네 가슴에』(우석출판
사) 출간.

1987년 제2시집『서울 한낮』(문학세계사) 출간.

1988년 제2수필집『어느 날 문득 사랑 앞에서』(홍익출판
사) 출간.

1989년 제3수필집『소박한 날의 청춘』(현대문학사) 출간.

1990년 서울신문 출판편집국 퀸 편집부장, 출판편집국 부
국장(~1997년).
제10회 정운시조문학상 수상.

1993년 한국시조시인협회상 수상.

1994년 서울신문 공로상.

1995년 장편소설『흑장미』(명지사·고려원미디어) 동시 출간.

1997년 세계일보 편집국 문화부장 겸 부국장(~1998년).

1999년 스포츠투데이신문 편집국 문화국장(~2001년).
자랑스런 보성인상 수상.

2001년 제38회 한국문학상 수상.
제3시집 우리시대 현대시조 100인선『소녀』(태학
사) 출간.

2002년 가람시조문학상 운영위원 및 심사위원장(~2013년).

2003년 (사)세계시조사랑협회 이사(~2010년).
서울신문 신춘문예 심사위원(~2012년).

2004년 제24회 가람시조문학상 수상.
　　　　문화관광부 문학분야 사업 관련 자문위원.
　　　　(사)한국문인협회 시조분과회 회장 2회 역임(~2010년).
　　　　한국신문윤리위원회 윤리위원(~2008년).

2006년 제20회 한국문화예술총연합회 공로상(문학부문).
　　　　한국방송대상 심사위원. 이호우 시조문학상 심사위원.

2008년 (사)한국현대시조포럼 상임 부의장.
　　　　이호우 이영도 시조문학상 심사위원장(~2012년).

2009년 제14회 현대불교문학상(문학부문) 수상.
　　　　가람시조문학상 심사위원.
　　　　중앙일보 제28회 중앙시조대상 및 제20회 중앙시
　　　　조대상 신인상 심사위원.
　　　　조선일보 신춘문예 심사위원(~2010년).
　　　　(사)한국소설가협회 이사(~2010년).
　　　　제46회 한국문학상 심사위원
　　　　(사)한국시조시인협회 이사장(~2012년 2월).

2011년 단행본『숨은 사랑』(공저;청어출판사) 출간.
　　　　가람시조문학상 심사위원장.
　　　　동아일보 신춘문예 심사위원(~2012년).
　　　　(사)한국문인협회 부이사장(~2014년).

2012년 (사)한국시조시인협회 명예이사장(~2014년).
　　　　한국여성문학인회 회장. 서울신문 사우회 이사.
　　　　제4시집『손톱에 달이 뜬다』(목언예원) 출간.
　　　　제5시화집『언젠가의 연애편지』(목언예원) 출간
　　　　제1회 송운시조문학상 수상(국제펜한국본부 제정).

2013년 (사)한국여성문학인회 이사장.
　　　　한국시조시인협회 공로패.
　　　　제6시집『한국대표 명시선100 서정의 취사』(시인
　　　　생각) 출간.

현　재 (사)한국여성문학인회 이사장. 한국문인협회 부이
　　　　사장. 한국시조시인협회 명예이사장.
　　　　국제펜한국본부 이사. 한국시인협회 이사.
　　　　중앙대문인회 부회장. 구상기념사업회 부회장 등.

[저서]

시집『실내악을 위한 주제』『서울 한낮』『소녀』『손톱에 달
이 뜬다』『언젠가의 연애편지』『한국대표 명시선100 서정
의 취사』『숨은 사랑』(공저) 등.
산문집『한 줄기 사랑으로 네 가슴에』『어느 날 문득 사랑
앞에서』『소박한 날의 청춘』등.
장편소설『흑장미』등.

[수상]

제3회 한국시조문학상(1985년)·제10회 정운시조문학상
(1990년)·92한국시조시인협회상(1993년)·서울신문사
공로상(1994년)·자랑스런보성인상(1999년 예술분야)·제
38회 한국문학상(2001년)·제24회 가람시조문학상(2004
년)·제20회 한국예술문화총연합회 공로상(문학부문; 200
6년)·제14회 현대불교문학상(시조부문; 2009년)·제1회
송운시조문학상 수상(2012년 국제펜한국본부 제정).
한국시조시인협회 공로패(2013년 2월).

〖한국대표명시선100〗을 펴내며

　한국 현대시 100년의 금자탑은 장엄하다. 오랜 역사와 더불어 꽃피워온 얼·말·글의 새벽을 열었고 외세의 침략으로 역경과 수난 속에서도 모국어의 활화산은 더욱 불길을 뿜어 세계문학 속에 한국시의 참모습을 드러내게 되었다.

　이 나라는 글의 나라였고 이 겨레는 시의 겨레였다. 글로 사직을 지키고 시로 살림하며 노래로 산과 물을 감싸왔다. 오늘 높아져 가는 겨레의 위상과 자존의 바탕에도 모국어의 위대한 용암이 들끓고 있음이다.

　이제 우리는 이 땅의 시인들이 척박한 시대를 피땀으로 경작해온 풍성한 시의 수확을 먼 미래의 자손들에게까지 누리고 살 양식으로 공급하는 곳간을 여는 일에 나서야 할 때임을 깨닫고 서두르는 것이다.

　일찍이 만해는 「님의 침묵」으로 빼앗긴 나라를 되찾고 잃어가는 민족정신을 일으켜 세우는 밑거름으로 삼았으며 그 기룸의 뜻은 높은 뫼로 솟아오르고 너른 바다로 뻗어 나가고 있다.

　만해가 시를 최초로 활자화한 것은 옥중시 「무궁화를 심고자」(≪개벽≫ 27호 1922. 9)였다. 만해사상실천선양회는 그 아흔 돌을 맞아 만해의 시정신을 기리는 일의 하나로 '한국대표명시선100'을 펴내게 된 것이다.

　이로써 시인들은 더욱 붓을 가다듬어 후세에 길이 남을 명편들을 낳는 일에 나서게 될 것이고, 이 겨레는 이 크나큰 모국어의 축복을 길이 가슴에 새겨나갈 것이다.

만해사상실천선양회

한국대표명시선100 │ 한 분 순

서정의 취사

1판1쇄 인쇄 2013년 4월 22일
1판1쇄 발행 2013년 4월 30일

지 은 이 한 분 순
뽑 은 이 만해사상실천선양회
펴 낸 이 이 창 섭
펴 낸 곳 시인생각
등 록 번 호 제2012-000007호(2012.7.6)
주   소 경기도 양평군 옥천면 고읍로 164
         ㉾476-832
전   화 (031)955-4961
팩   스 (031)955-4960
홈 페 이 지 http://www.dhmunhak.com
이 메 일 lkb4000@hanmail.net

값 6,000원

ⓒ 한분순, 2013
ISBN 978-89-98047-36-8 03810